KB272481

금굴의 비밀

디카詩 시인선
004

금굴의 비밀

김정숙 디카시집

도서 출판 북인

시인의 말

시선이 머무는 곳
그 너머에서
반짝이는 문맥 찾아

엘도라도의 보물을
캐고 또 캐어
이곳에 실었다

이제 한숨놓겠다 생각했는데
또 다시, 피사체를 찾아헤매는
이 방황의 끝은 언제쯤일까

계절이 움 틔울 때 살아 있어 기쁘다
첫 디카시집의 탄생이 있어 행복하다
이 기쁨과 행복을 함께 나누고 싶다

2026년 새 봄에

김정숙

1부 봄밤의 서커스

2부 보름의 휴가

1부

봄밤의 서커스

애매한 꽃길

뼈째로 쏟아져 내리는 비릿한 꽃잎 사이

아나고 회와 소주가 생각나는 남자,

꽃잎을 봄으로 싸서 한입 가득 문다

쾌렌시아

벼랑 끝이었다

숨 잠시 고르며
가을 지형을 읽고 있다

휴업

맑은 날 오리라

서로 의지하며
꿋꿋이 버티고 있다

밀당

언제까지 하실 겁니까

퍼렇게 멍이 드는 일을

꼭 서로 간을 보아야 아시겠습니까

첫선

활짝 뜨겁다가 곧,

시들어 버릴까봐

두근거리는 심장까지도

다 감췄다

끼어들기

누구는 할 줄 몰라서 줄 서고

바빠도 법규 지키면서 참는 줄 아니?

사람답게 살아보려고 용쓰는 거야

금굴의 비밀

수호신 용의 눈앞에 넘치는 소원

줄을 잇는 발길에

뜬눈으로 밤을 지새워도

사라지지 않는 엘도라도

어둠 속 밝히는 황금빛 설화

꽃의 언어

꽃의 언어

여러 갈래 마음길

목울대에서 소리내지 못하고

꽃으로 피어납니다

옥연지 지킴이

깊이를 알 수 없이 뿌리내린 세월

아프고 시리게 지켜내야만 했다

말이 차오르면 물이 차올라

울렁이는 가슴 견뎌내야만 했다

인연

더 이상 선 넘지 말자고

담을 쌓았더니

숨구멍은 트고 살자고

숭숭 바람을 넣었다

메아리

꼭꼭 숨겨놓았던 말

다시 밀려와 솟아오른

혀가 된 바위

봄밤의 서커스

꽃봉오리 터트리기 공중 줄타기

꽃 무리에 끼고 싶은 초승달

엄마 손잡고 바라보던 사월이 닮았다

황혼

하늘 높은 줄 모르고

도도했던 시절 지나니

아슬아슬 매달린

바람 앞에 새털 같은 세월

그리움

우산 쓰고 나섰지만

이미 다 젖어버린 옛 그리움입니다

외나무다리 건너기도 전에

모래밭에 새기었던 이름 사라져

행여 무지개 뜰까봐 다리 위에 서성입니다

배드 엔딩Bad Ending

수평선을 넘어가던 그때처럼

호루라기 소리만 파도를 탄다

그해 여름,

해시계는 늘어진 채 멈춰버렸다

2부

보름의 휴가

자서전

따뜻했고

침울하기도 했던

사잇길 쳇바퀴

삐걱거려도 아무렇지 않은 척

페달을 놓치지 않았다

보름의 휴가

딸집으로 소풍 오셨다

모시옷 한 벌 입혀서 손잡고 오셨다

50년 앞서가신 젊은 아버지

늙은 어머니 용케도 알아보셨네

뜨락이 환하다

부뚜막 훈계

불붙었다가도 뚜껑 열리고

뜨거웠다가도 금세 사그라드는

그기 사랑인기라

매운 맛에 눈물 훔치던

할머니 말씀

남편

반세기에 걸쳐

치른 전쟁터마다

꽂았던 깃발

승부를 알 수 없어

오늘도 전쟁 중

넘어보니

넘어보니

썰물 같은 젊은 날

쥐어도 쥐어도 모래알이었다

자갈밭 지나 일흔 고개

밀물 같은 모래성을 쌓았다

이웃사촌

어젯밤엔 별들의 수다에 잠을 설쳤어요

호박잎쌈에다 된장찌개 곁들여서 밥 먹고 가요

입으로 들어가는 밥보다 나오는 말들이 더 많다

상처

속속들이 맺히는 줄 모르고

쏟아부었던 말, 말, 말

유품

58

새벽마다 지어주던

눈물의 기도밥을 먹고 자랐다

"복 있는 사람은

악인의 꾀를 좇지 아니하며"

손때 묻은 말씀으로 나는 지금도 자란다

쉼표

우리, 무지개 같은 날도 있었어

덕담

환경도 다른데

오리 우리

우리 오리 잘 어울리는구나

맛깔스럽게 잘 살아주렴

느린 날

무궁화꽃이 피었습니다

뒤돌아보니 아무도 보이지 않았다

숨어버린 친구 찾아
그 시절 갈래머리, 기차에 몸을 실었다

출구가 없다

갇혀버렸다

헤어지자
지금 만나자
들리지 않아

삼둥이

경이로운 태명

쑥쑥이·또복이·또또

잉태한 여름은 영글어가고

꼬물거리며 신비롭게 자라는 우주

정년 퇴직

제대로 굴러가기 위해

빼곡했던 일상 멈췄다

이제, 한적한 들판에 자리잡고

지나간 이야기꽃 담아낸다

김 팀장

김 팀장

안경 너머 밀려 있는 서류들

마감하지 못한 실적

언성 높이는 본부장 너머

흔들리는 퇴출바람

눈앞에 어른거리는 황금

3부

얼음땡

아포칼립토*

76

두려움이란 마음을 갉아먹는 병!

부싯돌하늘과 사냥하던 곳

내 아들이, 내 아들의 아들이

사냥할 숲, 끝까지 지키려 했다

백골의 표범발, 카페 입구를 지키고 있다

＊멜 깁슨 감독의 영화 〈아포칼립토〉.

비상사태

78

품어줄 인재를 찾습니다

부화를 기다리는 용 알들

열 수 없는 중생대 백악기

물의 언어

물의 언어

빛나는 순간에도

더 낮아져라 좀 더 잠잠하라

물끄러미 귀 기울인다

전위예술

돌 하나 던졌다

물의 심장이 떨렸다

빛이 마음을 풀었다

사랑, 표현하다

1월

84

첫눈이 어제를 지워버렸다

새 달력의 초침 소리 말갛다

얼음땡

소리내지 못한 채

그 시절 해란강에 멈췄다

선구자는 오지 않는 시대

마법에서 풀려 적토마는 달리고 싶다

이중섭 거리에서

단칸방 세간살이

쓸어낼 것도 담을 것도 없는 곳

세상바람 막아준 게 어디야

황소 한 마리 너끈히 키웠다

뒤돌아보지 마

잘났다

자신 있다

큰소리쳐도

살아가는 것은

다 거기서 거기야

표류

표류

혹독한 열병이 지나간 자리

술렁이는 마음 어루만져도

끈을 놓지 못하는 애증 남아

봄빛으로도

얼어붙은 심장 달랠 수 없네

햇살 스며드는 문틈 사이

기지개 켜는 소리

댓돌 위에서 기웃거리는 유생들

장판각의 활자들이 걸어나온다

TV 부부유별 캠프

언제 즈음 마주할 수 있을까요?

내리막길만 보이는 우리

싸늘한 벽만 보며 살고 있어요

누구 잘못인지 지금부터 추적합니다

MZ세대

왜 꽃길이어야만 할까

날갯짓 멈추었다

태양 내리쬐는 자갈길
더듬이 항해나침반 곤두세운다

현장학습

옴마! 벌써 썰물인가벼

모두 자뿌라져서 어쨔쓰까잉

119! 119!

여기는 갯벌이여 싸게 싸게 오랑께

문화센터 어르신 수영반이지라

돌멩

돌멩

외계인 쳐다보듯 반질거리는 눈들

무어라고 한마디씩 외치는데
도대체 알아들을 수 없다

나는 지구에서 이방인이 되어버렸다

노년기

넘을 수 없는 장벽이다

차가운 시선은

쉼조차 허락하지 않아

다 비운 홑몸으로 섰다

4부

마지막 편지

새빨간 거짓말

새빨간 거짓말

저 매혹적 눈빛, 눈물

고백에 속지 말아요

피안의 언덕

새벽마다 법당을 오르던

할머니 발걸음 소리

차곡차곡 쌓일 때

들녘이 익어가고 키가 자랐다

늙은 여름, 오후

늙은 여름, 오후

밤새 아옹~ 아옹~ 유혹하더니

눈앞에서 놀고 있는 한 쌍의 고양이

꼼짝달싹 눈 감아버린 늙은 수컷

달구어진 뚜껑이 열릴락 말락

상흔

상흔

서로 탓하고 아우성치며 밟을수록

속내만 드러난 채 뒤엉키고 말았다

길이 무너졌다

사월

116

세상이 소란피워서

참을 수가 없었다

삼월을 벗어 던졌다

연초록 바람든 처녀가 되었다

포지션

만선이다

뱃길이 열렸다

물때를 기다려라

이제 자리다툼은 그만

알츠하이머

알츠하이머

집으로 가는 길을 찾지 못하겠다

해도 딩동! 집으로 가는데

발부리를 멈춘 그녀
헝클어진 머리로 서 있다

낚시꾼

낚시꾼

첫눈에 꽂히고 만 사나이

목석 같은 그녀 앞에

펼쳐보지도 못한 사랑

물때를 잘못 짚었다

노숙

한철 치솟던 주가

늦바람에 바닥을 친다

오 갈 데 없는 무리

은행이 털렸다

마지막 편지

요동치던 심장도

닻을 내린 지 오래입니다

빛바래 무디어진 인연

여기까지, 잠잠히 펜을 놓습니다

추신 : 요양병원에서

허물벗기

은근슬쩍

구렁이 담 넘어가듯 살았다

혀끝의 화살이 담 쌓는 줄 몰랐다

사탕발림

한바탕 봄꿈

녹아내리는 줄 모르고

곰 같은 남자도

흥분하여 담을 넘는다

혼저옵서예

정낭을 열어두어도

쌉싸름한 갯바람만 드나드네

소랑햄수다

잔설로 남은 옛말

하굴같이 떨고 있네

절정

절정

아찔한 입맞춤

꿀맛 같은 가을을 다 열고 말았네

수업 중

수업 중

떼로 몰려와 오감 흔들어도

흩어져 버리는 행간

모으고 지우고 또 모아도

활자중독새 한 마리

찍지 못하고 있는 마침표

일상의 순간을 읽는 깊은 시선

최광임/ 시인, 경남정보대 특임교수

디카시는 현장에서 포착된 장면과 그 순간의 시적 인식이 짧은 언어로 응결되는 형식이다. 장면을 바라보는 눈과 그것을 언어로 환기하는 감각이 거의 동시에 작동할 때 비로소 한 편의 디카시가 성립한다. 중요한 것은 단순한 기록이 아니라 순간 속에서 번뜩이는 인식의 환기이다. 현실의 장면이 시적 의미로 전환되는 찰나의 감각, 바로 그 지점에서 디카시는 자신의 고유한 미학을 형성한다.

이렇듯 현대 시학의 새로운 영토를 개척하고 있는 디카시는 이제 단순한 양식적 실험을 넘어 우리 시대의 가장 밀착된 '생활문학'으로 자리매김하고 있다. 디카시를 창안한 이상옥 시인이 강조했듯, 디카시는 사진 예술이나 문자시의 범주에 종속된 고답적인 형식이 아니다. 그

것은 렌즈를 통해 포착된 '사진 기호'와 시인의 시적 인석의 '문자 기호(언술)'가 실시간으로 융합하며 완성되는, 찰나의 미학적 사건이다.

김정숙 시인의 디카시집 『금굴의 비밀』은 이러한 디카시의 본질적 개념에 가장 충실하면서도, 우리 삶의 비루한 표면 아래 잠겨 있는 존재의 층위를 예리하게 투시한다. 그의 작품은 몇 가지 뚜렷한 특징을 지닌다. 첫째로 반복되는 일상의 궤도에서 찰나의 '순간'을 포착하여 소외된 존재를 회복시킨다. 또 하나는 내밀한 공간 속에 깃든 문학적 상상력을 통해 공간의 시학을 구현한다. 그리고 타자와의 관계에서 발생하는 상흔과 사회적 소외를 서사화하여 치유의 지평을 연다. 김정숙에게 디카시는 관조의 대상이 아니라 현실에 개입하고 삶을 재구성하는 능동적인 기록이자 '일상의 전술'이다.

1. 일상 속 관계와 삶의 정서

김정숙의 디카시는 거시적 사건을 말하지 않는다. 그의 시선이 머무는 곳은 대체로 일상의 가장 낮은 자리, 즉 우리가 무심코 지나치는 생활의 어떤 부근이다. 시인은 그 평범한 장면 속에서 삶의 관계와 기억을 재생한다. 반복되는 일상 안에서 순간적으로 빛나는 정서의 파편을 포착하는 것이다.

앙리 르페브르는 현대인의 일상이 반복과 소외로 점철되어 있다고 보았으나, 그 권태로운 회로를 깨뜨리는 힘은 바로 '순간'의 발견에 있다고 역설했다. 그는 이 '순간'을 인간 존재가 세계와 관계 맺는 가장 근원적인 장으로 보았다. 김정숙의 디카시는 이 반복적인 생활의 틈새를 비집고 들어가 생의 경이로움을 발견하는 작업이다. 시인은 무심코 지나치는 사물을 향해 렌즈를 밀착시키며 그 속에 잠자던 감각을 일깨우고 말을 건다. 김정숙에게 일상은 인간의 감정과 기억이 가장 밀도 있게 쌓이는 자리이다.

뼈째로 쏟아져 내리는
비릿한 꽃잎 사이

아나고 회와 소주가 생
각나는 남자,

꽃잎을 봄으로 싸서 한
입 가득 문다

―「애매한 꽃길」

시인은 낭만적 풍경과 지극히 세속적인 일상의 허기가 충돌하며 빚어내는 절묘한 시적 순간을 포착한다. 화자는 모처럼 남편과 꽃놀이에 나섰지만, 두 사람의 시선은 서로 다른 궤적을 그린다. 남자의 시선은 봄의 정취보다는 벚꽃잎에서 문득 아나고 회를 떠올리고, 이어 소주 한 잔까지 연상하는 생활의 감각으로 기울어 있다. 낭만적 풍경과 생활적 상상이 엇갈리는 이 순간은 두 사람이 같은 공간에 있으면서도 서로 다른 생각을 품고 있는 동상이몽의 상황을 만든다. 그래서 화자에게 이 봄날의 꽃길은 어딘가 미묘하게 어긋난, 말 그대로 "애매한 꽃길"이 된다. 흩날리는 꽃잎에서 생선의 비릿함을 읽어내는 남자의 상상력은 자칫 낭만을 깨뜨리는 무미건조한 일상성으로 읽히기 쉽다.

그러나 시인은 이 '동상이몽'의 지점을 타박하는 대신, 남자의 엉뚱하고도 생생한 감각을 붙들고 찰나의 장면을 특별한 미학으로 치환한다. 남자의 엉뚱한 연상은 낭만적 감각을 비틀면서도 일상의 유머와 생기를 만들어낸다. 그 상상력을 붙잡는 순간, 꽃잎은 더 이상 단순한 봄의 상징이 아니라 비릿한 바다의 맛을 품은 또 다른 이미지로 변한다. 그렇게 봄날의 풍경은 낭만과 생활이 뒤섞인 감각적 장면으로 다시 태어나고, 화자는 비유의 전이를 통해 오히려 흔한 풍경화보다 훨씬 더 맛깔스럽고 생동감 넘치는 생의 한 장면을 완성한다.

반복되는 생활에서도 감각이 각성하는 순간이 있다.

익숙하던 장면이 낯설게 다가오거나, 평범한 풍경 속에서 삶의 의미가 새롭게 떠오르는 시점이다. 앙리 르페브르는 이러한 시간을 일상의 흐름 속에 생겨나는 '순간'의 균열로 보았다. '순간'은 평범한 생활의 표면 아래에서 존재를 자각하게 만드는 짧은 각성의 시간인 셈이다.

맑은 날 오리라

서로 의지하며

꿋꿋이 버티고 있다

—「휴업」

사진 속 빨래집게는 날씨가 맑을 때 비로소 제 역할을 하는, 지극히 일반적이고 기능적인 사물이다. 그러나 시인의 시선이 이 장면에 머무는 순간, 또 다른 의미의 풍경으로 확장된다. 빗속에 줄지어 매달린 빨래집게들을 비가 오면 공칠 수밖에 없음을 알면서도 혹시 모를 일거리를 기다리며 인력사무소에 앉아 있는 일용직 노동자들의 모습으로 병치된다.

서로 비슷한 처지로 모여 선 그들은 각자의 삶을 지탱하기 위해 버티는 존재들이라고 바라보는 순간, 정지된 빨래집게의 풍경은 단순한 사물의 배열을 넘어 생존을

향한 인간의 기다림과 연대의 이미지로 확장한다. 서로
의 어깨를 맞댄 채 "꿋꿋이 버티고 있는" 삶의 능동적인
연대이다. 평범한 일상에서 문득 드러나는 이 장면이야
말로, 우리가 미처 보지 못했던 삶의 또 다른 얼굴일 것
이다.

김정숙의 디카시가 보여주는 특징은 감정을 과장하지
않는 절제된 태도다. 그의 작품들은 삶을 격렬하게 해석
하거나 의미를 과도하게 부여하려 하지 않는다. 대신 일
상의 장면 안에 스며 있는 정서를 드러낸다. 그러한 시선
은 때로 정겹고 따뜻하며, 때로는 쓸쓸하고 때로는 삶의
균열을 비추지만, 극단의 부정은 없다.

"호박잎쌈"과 "된장찌개"를 곁들인 아침을 매개로 이
웃간 유대의 장으로 확장해낸 「이웃사촌」은 삶의 활력을
회복시키기에 충분하다. 서로 다른 배경을 가진 존재들
이 만나 '오리'와 '우리'라는 언어적 유희를 통해 '공존의
미학'과 차이를 극복하고 조화롭게 어우러지길 바라는
축복의 「덕담」 또한 그렇다. 「삼둥이」는 '쑥쑥이·또복이·
또또'라는 태명으로 불리는 세 생명을 '우주'로 확장한다.
생명의 숭고한 질서를 포착하는 것이다.

그런가 하면 「인연」은 단절을 위해 쌓은 담벼락조차
'숭숭' 비워진 숨구멍을 남겨 소통의 여지를 둔다. 관계
의 피로에서 오는 삶의 균열을 비추면서도 결코 상대를

극단적으로 부정하지 않는다. 공존의 온기를 지켜내려는 시적 인식인 셈이다. 「남편」에서는 반세기 결혼생활의 숱한 갈등을 승패 없는 깃발들이 펄럭이는 전장으로 묘사한다. 부부로 살아가는 일이란 밀고 당김의 연속이어서 마치 승패 없는 전쟁 같다는 것이다. 오래된 부부의 일상적 삶을 위트로 담아낸 부분이다.

수호신 용의 눈앞에 넘
치는 소원

줄을 잇는 발길에
뜬눈으로 밤을 지새워도
사라지지 않는 엘도라도

어둠 속 밝히는 황금빛
설화

—「금굴의 비밀」

　시집의 표제작 「금굴의 비밀」은 공간이 어떻게 기억과 상상력의 장소로 확장되는지를 보여주는 작품이다. 수호신 용의 눈앞에 끊임없이 이어지는 사람들의 소원과 발길, 그리고 밤새도록 뜬눈으로 지켜보는 듯한 시선 속에서 금굴은 단순한 동굴이 아니라 오래된 시간과 인간의 욕망이 켜켜이 쌓인 상징적 공간으로 떠오른다. 어둠 속에서도 사라지지 않는 '엘도라도'의 환상과 황금빛 설화는 인간이 품어온 희망과 욕망의 집합적 기억을 환기하며, 그곳을 찾는 사람들의 마음과 함께 살아 움직인다. 이는 공간을 인간의 기억과 상상이 깃드는 장소로 보았던 가스통 바슐라르의 시적 공간 개념을 떠올리게 한다. 김정숙의 시에서 금굴은 바로 그러한 기억과 시간의 층위를 품은 장소로서, 오래된 공간이 어떻게 문학적 이미지로 되살아나는지를 보여주는 상징적 장면이 된다.

따뜻했고
침울하기도 했던
사잇길 쳇바퀴

삐걱거려도 아무렇지 않
은 척
페달을 놓치지 않았다
—「자서전」

「자서전」에 등장하는 골목은 단순한 통로가 아니라 삶의 시간이 스며든 내밀한 공간으로 읽힌다. 바슐라르가 말했듯 공간은 물리적 장소에 머무르지 않고 인간의 기억과 상상, 감정이 켜켜이 쌓이는 심리적 장소가 된다.

이 작품은 공간의 내밀성이 한 개인의 생애사적 기억과 어떻게 시적으로 교감하는지를 보여준다. 이미지 속 좁고 긴 골목은 화자가 지나온 삶의 궤적을 압축한 실질적 공간이며, 동시에 내면의 기억이 응축된 시적 장소로 작용한다.

그 위를 굴러가는 "사잇길 쳇바퀴"은 반복되는 일상의 궤도 속에 유폐된 영혼의 고단함을 내포한다. '삐걱거리'는 소리는 곧 시린 기억의 마찰음이자 삶의 균열을 알리는 신호이지만, 화자는 "아무렇지 않은 척" 페달을 밟으며 주체적으로 생을 밀고 나간다. 골목의 풍경은 결국 삶의 불안과 지속을 동시에 품은 시공간이며, 그 속에서 화자의 존재가 멈추지 않는 삶의 리듬으로 치환될 때, 과거의 고통은 비로소 문학적으로 승화한다.

불붙었다가도 뚜껑 열리고
뜨거웠다가도 금세 사그
라드는
그기 사랑인기라

매운 맛에 눈물 훔치던
할머니 말씀

—「부뚜막 훈계」

김정숙은 '아궁이'라는 일상적이고도 내밀한 공간을 생의 지혜가 전수되는 철학적 장소로 치환한다. 아궁이는 밥을 익히고 구들을 덥혀 우리를 안온하게 만들어주는 곳이기도 하지만, 때로는 불길이 거세게 치솟아 밥물을 넘겨버리고 연기에 눈물 콧물을 쏟게 만드는 불편한 삶의 현장이기도 하다. 마찬가지로 아궁이 속 불은 가변적인 인간의 감정과 사랑의 속성을 극명하게 시각화한다. 불붙듯 뜨거웠다가도 금세 사그라들고, 때로는 솥뚜껑이 넘치듯 격렬해지는 불의 양태는 곧 우리가 경험할 사랑의 실체이기도 하다.

매운 연기에 눈물을 훔치면서도 그 불을 다스려 밥을 짓던 할머니의 '훈계'는 들끓는 감정도 사그라드는 감정도 모두 삶의 자연스러운 일부로 받아들이게 된다는 가르침이다. 순간적인 뜨거움이나 격한 감정에 휘둘려 힘겨워질지라도 본디 '사랑'이 그런 것임을 잊지 말라는 의미다. 삶에서 마주하는 슬픔과 기쁨, 설렘과 식어버림을 모두 밥 짓는 일처럼 당연하게 받아들일 때 삶은 단단해진다는 것이다.

2. 삶의 균열과 존재의 상처

김정숙의 디카시가 언제나 따뜻한 일상의 풍경만을 비추는 것은 아니다. 그의 시선은 때때로 생활의 표면 아래 숨어 있는 삶의 균열과 존재에 집중한다. 평온해 보이는 풍경 이면에 드리운 현실의 그늘, 무심히 지나치기 쉬운 사소한 풍경 속에서 감지되는 삶의 불안과 고단함은 시인의 의식을 거쳐 또 다른 생의 모습들로 세상에 드러난다. 그렇게 포착된 순간들은 일상의 이면적인 모습을 드러내며, 삶이 평온만으로 이루어지지 않았다는 사실과 어느 삶이든 "다 거기서 거기"(「뒤돌아보지 마」)라는 인식에 도달했음을 보여준다.

이러한 장면들은 세상의 작은 변화에도 반응하고 새롭게 바라보게 한다. 미셸 드 세르토가 말했듯, 거대한 제도와 구조 속에서 개인은 언제나 약자의 위치에 놓여 있다. 그렇다고 하여 개인은 결코 일방적으로 순응하지만은 않는다. 저마다 자신만의 방식으로 삶을 버텨낸다. 사람들은 산책하고, 물건을 사고, 요리를 하는 등의 지극히 평범한 방식을 통해 자신만의 고유한 리듬을 만들어내며 현실을 견디고 살아낸다. 김정숙의 시선에 포착된 사회적 현실과 존재의 아픔 역시 이러한 '일상의 전술'이라는 맥락에서 읽힌다. 시인은 작품을 통해 구조적 모순이나 세월의 풍파에 상처 입은 존재들이 저마다의 방식으로 삶을 지켜내는 가장 인간다운 전술임을 역설한다.

빈 술병에 투사된 화자의 모습은 한때 무엇인가를 담고 있었으나 지금은 세상이라는 거대한 풍경 속에 홀로 남겨진 미미한 존재의 초라함 그 자체이다. 어떤 연유인지 알 수 없으나 차가운 장벽 앞에 선 화자는 쉼조차 허락되지 않은 채 중심의 변두리로 밀려나 있으며, 그저 결과로서의 삶의 고독만을 보여준다. 특히 화면 전체를 지배하는 파란색의 농담은 색채 심리에서 말하는 우울의 정서를 극대화하며 문장이 미처 언술하지 못한 절망의 깊이를 시각적으로 확장한다.

좋은 디카시는 사진이 품고 있는 말을 단순히 반복하지 않고 건너뛰어 언술해야 하며, 사진은 문장이 말하지 않은 의미를 드러낼 때 비로소 상호보완적인 화학반응을 일으킨다. 김정숙은 이러한 미학적 의장을 노련하게 다룬다. 그리하여 그의 목소리는 고성을 지르지 않아도 깊은 울림을 만들어낸다. 현대 사회의 구조적 모순 속에서 개인이 겪는 존재론적 불안을 드러내는 일 또한 저마다의 방식으로 삶을 지켜내고자 하는 인간적 전술임을 시인은 역설한다. 「알츠하이머」, 「마지막 편지」 또한 이러한 시적 의미와 맥락을 같이하는 작품들이다.

서로 탓하고 아우성치며
밟을수록
속내만 드러난 채 뒤엉
키고 말았다
길이 무너졌다

— 「상흔」

사진 속 백사장에는 수많은 발자국이 겹겹이 찍혀 서로의 형태를 지우며 뒤엉켜 있다. 다양한 신발 무늬가 겹친 흔적은 특정한 한 사람의 길이 아니라 불특정 다수가 남긴 집단적 흔적처럼 보인다. 방향을 잃은 채 겹쳐진 발자국들은 서로를 밀어내며 경쟁하는 인간 사회의 풍경을 떠올리게 한다. 이러한 장면은 일상을 살아가는 사람들의 행위를 '전술'로 설명한 미셸 드 세르토의 관점을 환기한다.

거대한 구조 속에서 개인들은 각자의 방식으로 살아가며 흔적을 남기지만, 그 흔적들은 서로 충돌하며 쉽게 뒤엉킨다. 시인은 바로 그 지점을 포착한다. 모래 위의 발

150

자국처럼 쉽게 찍히고 또 쉽게 지워지는 흔적 속에서, 자본주의 사회를 살아가는 인간들의 불안정한 삶과 소외의 민낯을 읽어낸 것이다. 결국 사진 속 뒤엉킨 무늬는 길을 만들지 못한 채 남겨진 인간 존재의 상처와 흔들리는 삶의 형태를 드러낸 것이라 할 수 있다.

한철 치솟던 주가
늦바람에 바닥을 친다
오 갈 데 없는 무리

은행이 털렸다

—「노숙」

화려한 정점에서 "치솟던 주가"와 같았던 은행잎들이 길바닥으로 추락한 풍경을 통해, 김정숙은 상승과 추락을 반복하는 자본주의의 냉혹한 질서를 포착한다. 계절의 순환 속에서 떨어진 은행잎은 자연스러운 풍경이지만, 시인의 시선과 만나는 순간 그것은 더 이상 자연의 풍경에 머물지 않는다. 치솟았다가 바닥으로 떨어지는 주식의 움직임을 따라, 개인의 삶 또한 함께 추락하는 불안정한 존재의 상태로 환치된다.

김정숙은 한때 가지 끝에서 햇빛을 받으려 빛나던 잎들과 "한철 치솟던 주가"의 등가를 통해 이어질 '노숙'의 장면을 극적으로 대비한다. 한철의 풍요가 지나가자 삶은 곧바로 거리로 내몰린 존재의 상태로 몰락한다. 시인은 이 급격한 추락의 아이러니를 '오갈 데 없는' 현실의 비참을 "오 갈 데 없는"으로 감탄사처럼 끊어 발화함으로써 더욱 극적으로 부각한다.

"은행이 털렸다"는 언어적 유희는 이 작품의 시적 긴장을 결정적으로 강화한다. 은행나무의 '은행'과 금융 자본의 '은행'이 겹쳐지는 순간, 자연의 풍경과 자본의 세계가 하나의 의미망으로 접속된다. 길바닥에 흩어진 은행잎은 단순한 낙엽이 아니라, 자본의 질서가 흔들리는 순간 개인이 마주하게 되는 파산과 추락의 현실을 드러내는 기호가 된다. 이러한 언어유희는 사진이 제시한 시각적 장면과 결합하면서 의미의 층위를 확장한다. 그 결과 낙엽의 장면은 계절의 변화라는 자연적 사건을 넘어, 신자유주의 사회에서 언제든 거리로 밀려날 수 있는 인간 존재의 불안한 처지를 환기시킨다.

김정숙은 자본주의 구조 속에서 도구화된 현대인이 겪는 고용불안과 존재론적 위기를 정면으로 응시한다. 사진 속 황금빛으로 일렁이는 들판은 풍요로운 결실의 풍경처럼 보이지만, 시적 화자인 "김 팀장"의 눈에 투사되는 순간 생존을 위해 반드시 도달해야 하는 "마감 실적"이자 자본주의 사회에 저당잡힌 생의 대가로 치환된다. 안경 너머로 밀려드는 서류와 마감하지 못한 실적, 거기다 위계적인 본부장의 고성은 "김 팀장"이 조직에서 언제든 퇴출될 수 있다는 절박함이 도사리고 있음을 환기한다.

안경 너머 밀려 있는 서
류들
마감하지 못한 실적
언성 높이는 본부장 너머
흔들리는 퇴출 바람
눈앞에 어른거리는 황금
　　　　　　　　―「김 팀장」

　농촌의 황금 들판과는 대조적으로 조직사회에서 황금은 쉽게 손에 잡히지 않는 신기루 같은 것이다. 더욱 비애스러운 것은 이 신기루 같은 "황금"이 조직사회의 구성원에게만 강요되는 것이 아니라는 점이다. 신자유주의의 최대의 함정은 바로 개인의 노력 여하에 따라 부자가 될 수 있다는 헛된 희망을 갖도록 유혹하는 자본의 구조적 환상성에 있다. 김정숙은 의도했든 의도하지 않았든 농부의 땀으로 이루어낸 황금 들판을 통해 은폐된 자본주의의 불편한 진실을 드러낸다.

돌 하나 던졌다
물의 심장이 떨렸다

빛이 마음을 풀었다

사랑, 표현하다
—「전위예술」

　어둠에 잠긴 수면 위로 형광빛처럼 번지는 빛의 흔들림은 작은 충격이 만들어낸 감각의 장면이다. 돌 하나가 물에 닿는 순간 정지해 있던 수면은 미세하게 떨리고, 빛은 그 떨림을 따라 낯선 형상을 드러낸다. 잔잔한 물 위에 나타난 이 흔들림은 일상의 표면 아래 숨어 있던 감각의 균열이 드러나는 순간처럼 보인다.

　여기서 '전위'는 평범한 현실 속에서 발생하는 작은 균열을 통해 새로운 감각을 발견하는 태도에 가깝다. 거대한 사회 구조 속에서 개인은 종종 미약하기 그지없는 존재지만, 삶은 그 내부에서 다양한 움직임을 만들어낸다. 미셸 드 세르토가 말했듯, 사람들은 제도의 질서에 단순히 머무르지 않고 일상의 행위 속에서 자신만의 미세한 변주를 만들어 간다. 외부의 충격으로 시작된 떨림이 물결 따라 확장되듯, 인간 또한 삶의 흔들림 속에서 감정과 관계의 새로운 국면을 만들어 간다.

김정숙은 물 위에 풀리는 빛의 장면을 통해 삶의 균열이 곧바로 파괴로 이어지는 것은 아니라고 본다. 또 다른 감각과 관계를 가능하게 하는 계기가 될 수 있다는 것을 보여준다. 이때 '사랑'은 흔들리는 세계 속에서도 마음을 풀어내며 타인과 관계 맺으려는 인간의 미미한 표현 방식으로 읽힌다.

시인은 찰나의 순간에 포착된 물의 파장을 '전위예술'이라 명명하며, 존재의 상처마저도 빛의 언어로 치환하여 삶을 견디고 지켜내려는 내밀한 의지를 드러낸다. 이는 「노숙」과 「김 팀장」이 보여준 자본주의의 냉혹한 현실 속에서도 인간은 끝내 자기만의 방식으로 생의 의미를 견지하는 존재임을 다시 한번 환기하는 역설이기도 하다.

김정숙의 작품세계에서 중요한 것은 생활 속에서 발견되는 인간적 온기와 존재의 흔들림이다. 때로는 따뜻한 관계의 정서를 드러내고, 때로는 삶의 균열과 사회적 불안을 비추지만, 그의 시선은 언제나 삶을 완전히 부정하는 쪽으로 기울지 않는다. 오히려 균열 속에서도 인간이 끝내 살아가며 관계를 이어가고 의미를 만들어 내는 존재임을 확인한다.

디카詩 시인선 004

금굴의 비밀

지은이_ 김정숙
펴낸이_ 조현석
펴낸곳_ 북인
디자인_ 푸른영토

1판 1쇄_ 2026년 04월 15일
출판등록번호_ 313 - 2004 - 000111
주소_ 121 - 842 서울 마포구 서교동 467 - 4, 301호
전화_ 02 - 323 - 7767
팩스_ 02 - 323 - 7845

ISBN 979-11-6512-523-3   03810

이 책은 한국예술인복지재단 창작준비금 지원사업으로 제작되었습니다.

책값은 뒤표지에 있습니다.
저자와 협의 아래 인지를 생략합니다.